AF297861

L'ÉTANG DE RETZ.

POÈME EN DEUX CHANTS.

Paris,

...ESSE, LIBRAIRE,

... au Palais-National.

1850

8° Z
LE SENNE
9659

L'ÉTANG DE RETZ.

POÈME ÉROTICO-PHILOSOPHIQUE

EN DEUX CHANTS.

PAR F. GRILLE

BIBLIOTHÈQUE NATIONALE · FONDS LE SENNE Nº 721 · IMPRIMÉS

Imprimerie de BEAU, à Saint-Germain-en-Laye.

L'ÉTANG DE RETZ.

CHANT PREMIER.

Je chante ! ou mieux je frédonne,
Sur un mode radouci,
Dans un rhythme raccourci
Qui redouble et qui résonne ;
Imitant, Dieu me pardonne !
Loret, Villon, Dassoucy ;
Et, pour ne tromper personne,
Des règles, comme eux aussi,
N'ayant que peu de souci.
Je me sers d'une allumette
Pour ébaucher de profil
Le plan de mon lieu d'exil,
Et faute d'une trompette,
Je souffle dans les pipeaux
Des pâtres mes commensaux.

O ma chère maisonnette !
Abri sûr, humble cachette,
Que d'une invisible main
Et dans sa bonté secrète,
M'a conservé le destin !
Toi, qu'ingrat je voulais vendre,
A l'âge où, sans réfléchir,

On veut toujours entreprendre
On croit toujours réussir !
Toi que je disais perdue,
Puisqu'enfin tu m'es rendue
Et que, par mille détours,
La raison m'est revenue
Sur le déclin de mes jours ;
O Paraclet du poète,
Pavillon qu'Aimé-Martin
Trouvait si chaud et si sain,
Quand de sa plume coquette
Et de sa flûte d'airain,
Il appelait femme, fille,
Veuve, mère de famille
A sauver le genre humain ;
O bastide gentillette,
Sois la demeure discrète
D'un philosophe mondain,
Qui se fait anachorète ;
Galant mis à la retraite,
Que n'éclaira pas en vain
La leçon qui lui fut faite
Par le temps et le chagrin.

Après le cours incertain,
D'une fortune incomplète,
Je te retrouve proprette
A l'angle de ce jardin

Dont je donnai le dessin ;
Et sans bruit, sans étiquette,
Sans devoirs comme sans frein,
Sans plus rien qui m'inquiette,
Je rentre dans ma chambrette,
Sous la tuile et le sapin.

J'ai fait un moment figure
Et tranché du palatin ;
J'ai siégé sous la tenture
De velours et de satin ;
J'ai dormi sous la guipure,
La frange et le baldaquin
D'une riche préfecture.
La foule, chaque matin,
Se courbant à ma mesure,
Me traitait en souverain.
Sur le volcan héroïque,
Qui fume au sol vendéen,
La routine monarchique
Aveuglait le plus hautain ;
Magistrat républicain,
Malgré tout le rigorisme,
Le sans-morgue et le civisme
Du programme puritain,
J'avais l'air et le refrain
D'un pacha de l'Islamisme
Ou d'un proconsul romain.

Mais ta pudique élégance,
Sous un climat protecteur ;
Ce toit aigu qui s'élance
Vers un ciel consolateur ;
Ce meuble qui n'a de ganse
Que d'une seule nuance
Et d'une mince largeur,
Pour me plaire, ont plus de chance,
Que tout l'éclat corrupteur,
Toute la fausse importance
D'une fragile grandeur.

Loin du faste et des caprices
De ce régime bourgeois
Qui, tout en chassant les rois,
Reste entaché de leurs vices ;
Loin de ces rhéteurs, complices
Du fanatisme sournois
Qui s'infiltre dans nos lois ;
Las de tant de sacrifices,
De harangues, de notices,
Que j'ai faits depuis six mois,
Je reprends avec délices
Mes allures d'autrefois.

Tout encore est à sa place :
Le cèdre avec l'acacia,
L'ormeau, que le lierre embrasse,

L'if, le sorbier, le thuya,
Sur le gazon me font face ;
Le chèvre-feuille s'enlace
A l'entour des ébéniers ;
Lilas, tilleuls et rosiers
Ont grandi sur ma terrasse :
J'abats du bois pour l'hiver,
J'élague massif et haie,
Taille vigne et pommeraie,
Et, dans ma santé de fer,
Narguant la bise et l'orfraie,
Je suis léger comme l'air ;
Ou plutôt, en équilibre,
Sur le gouffre des ennuis
Me tenant ferme, c'est libre
Qu'il faut dire que je suis.

Pour purger une hypothèque
Qui, depuis vingt ans et plus,
Pesait sur mes revenus,
J'ai, de ma bibliothèque,
Bravement fait des écus.
Voltaire, Grimm et Chapelle,
Diderot et Carmontelle,
Piron, Molière, Pasquier,
Toute la bande infidèle
S'est enfuie à tire-d'aile
Chez mon voisin le banquier.

J'emprunte à présent des livres
A d'honnêtes vignerons,
Point avares, point poltrons,
Très-modérés sur les vivres,
Mais grands buveurs, francs lurons
Et criards quand ils sont ivres.

Ce sont frères et cousins
Qui dans Paris se lancèrent,
Aux écoles se poussèrent
Comme abbés et carabins,
Pour savants alors passèrent
En auteurs grecs et latins;
Et morts en pays lointains,
Par testament leur laissèrent
Ce qu'ils nomment des bouquins.
O fruits sacrés de la lyre!
Nobles vers, rares écrits,
Vous que je lis, que j'admire,
Vous dont l'exemple m'inspire,
Imprimés et manuscrits,
Ardent foyer dont je tire
Tout le feu de mes esprits!
La campagne que j'habite
Est fertile en noms fameux :
Gens de cour et gens d'élite
S'y pressèrent deux à deux,
Et je vis au milieu d'eux

Par l'écho de leur mérite.
Racine, Barthe, Ducis,
Passèrent dans ces bocages ;
Et sous ces arceaux fleuris,
Sous leurs magiques ombrages,
Thomas fit ces belles pages
Qu'applaudissait tout Paris.
C'est au pied de ces érables,
Sur le flanc de ce coteau
Que la docte Joliveau,
Assise, rimait ses fables.
Parny, Léonard, Bertin,
Trio tendre et libertin,
S'égarant dans la vallée,
Y jetait à la volée
Les sons de sa harpe d'or,
Que l'oreille écoute encor
Quand la voix s'en est allée.

Je dédaigne Chamillart,
Le courtisan babillard
Qui, si j'en crois la chronique,
N'eut de titre politique
Que son talent au billard ;
Je biffe sur mes tablettes
Ce ministre à la Dangeau,
Diplomate des Caillettes,
Qui faisait, de son château,

Mal planté, le pied dans l'eau,
La guerre par estafettes.
Mais j'aime à citer ce duc,
Ce Saint-Simon, dont le suc
Coule à flots dans ses mémoires,
Et dont les drôles d'histoires
Font pâlir Bayle et Saint-Luc.
Il faut lui passer, sans doute,
Le ton plus que cavalier
Qu'il prend avec qui l'écoute.
Insolent de son métier,
Du bec de son encrier
L'orgueil tombe goutte à goutte;
Mais comme il mord le bétail,
Portant hermine ou camail,
Qu'il rencontre sur sa route !
Comme il pince avec vigueur
Le fat, le pédant, le traître,
Qu'il soit prince ou qu'il soit prêtre,
Pénitent ou confesseur;
Comme à fond il fait connaître
Ce grand roi de carrousel,
Qui n'était pas éternel
Quoiqu'il eût bien voulu l'être;
Ce Titan, qui, fouet en main,
A son Parlement mutin,
Presqu'enfant parlait en maître;
Qui d'abord, envoyant paître

Gouvernante et précepteur,
Visait aux filles d'honneur
En sautant par la fenêtre !
Comme il montre Fénelon,
Cet émule de Platon,
Dans sa gravité modeste,
Chez sa colombe Guïon,
Son bon ange en cotillon,
Consumé du feu céleste !
Comme il peint l'aigle de Meaux,
Cette espèce d'albatros,
Qui, s'élançant de son aire ;
Ce gallican réfractaire
Qui, suspect aux cardinaux,
Et se carrant dans sa chaire,
Sait moduler à propos
La louange ou la colère ;
Aux favoris est de verre
Et jamais de ses carreaux
Ne frappe que le vulgaire !
Et Montausier, et Soyecourt,
Et ce Harlay gros et court,
Dont il lève la visière,
Qu'il démasque tour-à-tour
Et qui serviront un jour
De modèles à Molière !
Et Vasthi, la Montespan,
Qui, dans son humeur altière,

Du sérail de son sultan
Fit déguerpir La Vallière !
Et l'adroite Maintenon,
Qui n'est ni chair ni poisson ;
Primitive huguenote,
Qui plus tard se fait dévote
Par pure combinaison ;
Pécore qui s'humanise,
Tantôt singe la sœur grise,
Tantôt frise la guenon,
Et mène par le menton
Le despote qui l'a prise
Dans le grenier de Scarron ;
Et cette fraîche Ninon,
Qui, dans sa brusque franchise,
Se moquant de la Soubise
Comme du qu'en dira-t-on,
Va cou nu, vit en chemise,
Et dans son mol abandon,
Plutôt Phryné qu'Artémise,
Ne sait jamais dire non
Au plumet qui la courtise,
Au convive qui l'aiguise
Par quelque mot du jargon
Que la ruelle autorise,
Par quelque folle devise
Du catéchisme bouffon ;
Et cette femme étonnante,

La Chantal, la Sévigné,
Cette inverse de Progné,
Point bégueule, point galante,
Dont le style est imprégné
De politesse piquante
Et chaque feuillet signé
De sa grâce étincelante.
Saint-Simon voit tout, dit tout;
Il défile jusqu'au bout
Son chapelet satirique.
Plein de tact et plein de goût,
Plein de sève et de logique,
Il n'admet dans sa critique
Ni proscrits, ni protégés,
Et l'on tient pour bien jugés
Ceux qu'il caresse ou qu'il pique.
Tous ses portraits sont divins,
Et, j'en atteste Minerve,
Il s'égale par sa verve
A nos plus grands écrivains.
Quant à Sièyes, faiseur de pactes,
Qui procède en motions,
Par sourdes convulsions,
Comme un fleuve à cataractes;
Je lui dois dix mentions.
Il venait, dans les entr'actes
De nos révolutions,
Tantôt par les Vaux de Crie

Et la grille de son parc,
En landau, faisant un arc ;
Tantôt par la Garderie
Et par le Champ-des-Oiseaux,
Dîner à Lauberderie
Avec Barras et Lépeaux.
Que d'assauts, que d'hyperboles,
Quels moulins à paraboles
Tant que durait le festin !
En buvant le chambertin
On avouait ses écoles ;
Au café, le bulletin
De Milan ou de Turin
Était suivi sur la carte,
Et l'on fêtait Bonaparte
Qui faisait le jacobin.

Longuette est la litanie
De ces hommes de génie,
Qui s'en vinrent au hameau,
A la source, à l'ambroisie,
De la douce causerie
Se retremper le cerveau.
Charmé de leur bonne mine,
Et sans songer que la mort
Des crocs de qui nul ne sort,
Les retient chez Proserpine,
Je voulais, pauvre machine !

Sans façon, suivre leurs pas,
Mais, à regret je devine
Que, du train dont je chemine,
Je ne les atteindrai pas.
Dans toutes mes promenades
Comme un Algonquin vêtu,
Coiffé du chapeau pointu
Débris de nos mascarades ;
Franchissant murs, palissades,
Je gagne les lieux secrets
Pour moi plus remplis d'attraits.
Par la faveur d'un ministre
Qui, meilleur que ses rivaux,
Fit un jour, par ses bureaux,
Compulser l'épais registre
De mes vieux et lourds travaux,
J'ai la clef qui fait qu'on entre
Dans la forêt de Marly,
Et qu'à l'aube, ou qu'à midi,
On pénètre jusqu'au centre,
Sans que le garde, averti
Par quelque sot ennemi,
Vienne vous tâter au ventre,
Afin de s'informer si,
De la chasse ayant la fièvre,
Vous auriez pris quelque lièvre
Du gîte à peine sorti.
Je ne chasse qu'aux idées

Et cherche dans les taillis,
De ces nymphes de jadis,
Qui, sur la mousse accoudées,
Contaient les amours des fées,
Des preux et des amadis.

Seul avec les Oréades,
Les Faunes et les Nayades,
Dont le règne est éclipsé,
Dont le trône est renversé
Par les poètes malades
Du *Requies in pace;*
Fidèle aux Amadryades
Et, dans mes pèlerinages,
De leur dôme surbaissé,
De fougère tapissé,
Suivant les vertes arcades;
L'œil fixe, le front plissé,
J'interroge le passé.
Que d'êtres faux et maussades,
Tartuffes d'ambition,
Insultant aux barricades
D'où sortit leur mission;
Que de frères Léotades
Confits en dévotion;
Que de bavards froids et fades
Dans leurs patois rehaussés
Par force capucinades,

Et que badauds insensés
Ont tour à tour encensés ;
Que de gueux, dont les boutades,
Pour placer leurs camarades,
Des grades m'ont repoussé
Et de mes emplois chassé :
Que d'odieux maléfices,
Que d'infâmes injustices
Entravèrent mes efforts ;
Et que d'experts en roûries
Tournèrent en railleries
Mes plus généreux transports !
O France, ma belle France
Que j'aurais voulu servir !
O gloire, mon espérance
Et mon rêve d'avenir !
J'ai cru qu'un moment domptées,
Sous vos robes pailletées,
Vous tombiez en mon pouvoir ;
Mais je n'ai fait qu'entrevoir
Ces noces trop écourtées ;
Hélas ! je vous ai ratées
Comme un pauvre eunuque noir !
Tout est fini, la carrière
Est fermée à mes désirs.
Déposant plume et rapière,
Repliant tente et bannière,
Étouffant les vains soupirs,

Il faut se tapir derrière
L'ombre des anciens plaisirs
Et s'en faire une barrière
Contre d'amers souvenirs.
Tranquillise-toi, mon âme,
De tes plaintes romps le cours ;
Renais aux sages discours
Que ma dignité réclame,
Et garde un rayon de flamme
Pour mon étoile en décours.

Voilà ma blanche compagne,
Providence du pays,
Et la maîtresse au logis,
Qui descend de la montagne
Sur son âne vieux et gris.
L'âne s'arrête à la porte,
Et ma femme nous apporte
Des tulipes, des oignons,
Des myrtes, des champignons.
Ma femme de la culture
A pris le département ;
Elle épie incessamment
La marche de la nature.
Son almanach, où figure
Tout l'agreste rudiment,
Dit le pourquoi, le comment,
Sur la greffe et la bouture ;

Vienne aussi le temps des fleurs
Nous en aurons d'odorantes
Et de toutes les couleurs ;
Vienne le temps des primeurs,
Nous en aurons d'excellentes
Et de toutes les saveurs.
Flairant l'une, croquant l'autre,
C'est un bonheur que le nôtre
Plus vif que ceux que préfets,
Que rongeurs de présidence,
Parasites en démence ;
Que mouchards et que verdets
Prôneurs de sales projets ;
Que courtiers légitimistes,
Phalanstériens, communistes,
N'éprouvent à leurs banquets.

Ici je fais une pause,
Par fantaisie et sans cause,
Comme on chiffonne un ruban ;
Laissant respirer ma muse,
(Linote que tout amuse)
Pour reprendre mon élan,
Et terminer ces esquisses
Qui, surtout pour mes lectrices,
N'ont pas le sel d'un roman.

CHANT DEUXIÈME.

Alerte! je rentre en scène.
O toi, ma petite reine,
Douce Érato, verse encor ;
Et pour moi, d'eau d'Hipocrène,
Remplis ton calice d'or.

Je bois à la paix du monde,
A cette vertu profonde
Qui tient les peuples soumis
Sous sa loi forte et féconde ;
Je bois à vous, mes amis,
Dont le cœur, bravant la sonde,
Ne s'est jamais compromis
Dans les sentiers indécis
De cet intérêt immonde
Qui vit de biens mal acquis ;
A vous, d'un feu pur épris
Pour cette chaste Aphrodite
Qui, née au sein d'Amphitrite,
Se confond avec Cypris ;
A vous, dont la veine abonde
En vaudevilles exquis,
Et dont plus d'un couplet fronde
Nos Crésus et nos Laïs !
A vous, sur qui du pays,

L'indépendance se fonde;
Heureux si ma table ronde
Vous voit un jour réunis,
Le front couronné d'épis
Et tous, de la République,
Entonnant le saint cantique
Dans ces vallons rajeunis !

Mais sans tarder davantage,
Sans phrases, sans caquetage,
En narrateur ingénu,
Reprenons avec courage,
Des trésors de mon cottage
L'inventaire suspendu.

Sous la forme d'une tente,
Au pignon de mon chalet,
Vous voyez le cabinet
Où, quand il pleut et qu'il vente,
D'un fauteuil je me contente;
Et j'enfonce mon bonnet,
Inscrivant sur mon carnet
L'érotique épithalame,
Le pot-pourri, l'épigramme
Qu'en jouant j'ai mis au net.
Qu'au haut des cieux la Grande-Ourse
Soit au milieu de sa course;
Ou que plongeant dans les mers

Et sur son char, triomphante,
Elle apparaisse éclatante
Aux bornes de l'univers ;
Elle me trouve en védette
Dormant peu, rêvant toujours
Aux députés qu'on achète,
A l'inconstance des cours,
A la part qui me fut faite,
Au succès, à la défaite,
Plus souvent à mes amours !

Je n'ai d'autel et de culte
Que ceux de la vérité ;
Pas une puissance occulte
N'a sur moi d'autorité.
J'avais, à l'absurdité,
Dit adieu, n'étant qu'adulte,
Et je n'en ai plus tâté.
Après cela je n'insulte
A temple ou divinité.
Chaque famille, à sa mode,
Sur Job ou sur Hésiode
Peut calquer son oraison ;
Quant à moi je m'accommode
Des clartés de la raison.
Je ne vais point dans la Bible,
Ou dans le Zend imposteur,
Passant les versets au crible,

Chercher, timide penseur,
Le Verbe incompréhensible
Ou l'ergot du tentateur.
Je crois, non pas comme un Maure,
Au Koran des Marabouts,
Mais aux perles de l'aurore,
Au zéphyr, amant jaloux
De la rose qu'il efflore ;
Je crois, ô le roi des fous !
A la beauté que j'adore,
Au satin de ses genoux,
Aux appas que je dévore
Quand nous sommes entre nous ;
Je crois, pour le dire encore,
A ces hordes de filous
Que l'État engraisse et dore,
Beaucoup plus qu'aux loups-garous ;
Et quant au surplus, j'ignore
Ce que vous ignorez tous !
Sans donc user du grimoire
De quelque obscur chapelain,
Sans craindre son monitoire,
J'ai, d'un gothique oratoire,
Fait une salle de bain ;
Mais, par un soin méritoire,
Pour ne pas, chose notoire,
Scandaliser le prochain,
J'ai remis le saint ciboire
A l'évêque diocésain.

—

Gentil lavoir d'eau limpide
Qui, dans ta pente rapide,
Passe et fuis en murmurant,
Ne crains pas que je t'oublie ;
L'utile et l'économie
Chez nous sont au premier rang.
Pannes, fourneaux et chaudières,
Agaçantes lavandières,
Vous aurez plus d'un coup d'œil ;
Éblouissante lessive,
D'une ménagère active
Tu fais la joie et l'orgueil.

Au-dessus d'une fontaine,
Où fillette blonde et vaine
Aime tant à se mirer ;
Sous le coudre et la verveine
Où, durant la méridienne
Tout l'invite à soupirer ;
Où, quand le mois d'août ramène
Du sud la brûlante haleine,
Son galant veut l'attirer ;
Sur une simple meulière
S'élève, en plâtre coulé,
Le buste, avec soin moulé
De Bernardin de Saint-Pierre,
Cet artiste séducteur
Qui chargeait à l'équateur

Sa palette printanière ;
Ce moraliste rôdeur
Qui dérobe au Créateur
Les prismes de la matière ;
Cet harmoniste enchanteur,
Dont le corps est dans sa bière
Et le cœur dans du vermeil,
Mais dont l'esprit sans pareil,
Par la céleste courrière,
Fut porté près du soleil,
Et dont la douce lumière
Guide, comme à la lisière,
Nos enfants à leur réveil.
Trop friable est la matière
Du monument respecté,
Et tous les ans regratté,
Que ma muse buissonnière
Vous crayonne à sa manière
Quoiqu'avec fidélité.
L'excuse est ma bourse vide :
Ce portrait, ô voyageur !
Qu'en sa verdâtre pâleur
J'offre à ton regard avide,
En marbre serait sculpté,
Si l'argent ne m'eût quitté
Par la crise financière ;
Si mon crédit n'eût été
Mis, par le fisc, en fourrière,

Et si l'on ne m'eût traité
Comme un boxeur éreinté
Qui roule sur la poussière.

En septembre, quelquefois,
Quand Horus, d'un pas oblique,
Avance dans l'écliptique
Et qu'automne rend aux mois
Leur robe mélancolique,
Nous faisons de la musique
Sous l'ogive de nos bois;
Ma femme a sa guitarelle,
Sa sœur un harmonium;
L'archet sur mon violon
Fait grincer la chanterelle;
Bientôt sur les chênes verts,
Comme un orchestre assemblée,
On entend la troupe ailée
Qui se mêle à nos concerts.
Ce sont trils, solos, cadences :
Nos ambitieux rivaux,
S'excitant sur leurs rameaux,
Étouffent nos contredanses.

Au chat! au chat! c'en est fait!
Ma cuisinière qui gronde
Aura laissé le buffet
Entr'ouvert une seconde,

Et vol-au-vent ou salmis
Sera tombé sous la patte
De cette gent scélérate,
Qui vit moins de mes souris
Que de la chair délicate
Des daubes et des rôtis.
Autour de nous tout fait rage,
Tout devient épouvantail,
Et quand on scrute en détail
Les mystères du ménage,
On sent le rouge au visage
Qui, montant comme l'orage,
Reluit comme du corail.
Je lutte, je tends le piége
Sur la paille, sur la neige,
L'hiver contre les mulots
Qui, transperçaut les murailles,
Disputent à mes volailles
Le ver et les escargots ;
L'été contre les pierrots,
Qui, dans leur excès d'audace,
De loin me font la grimace,
Et, plus malins que marmots,
Riant de mon stratagème,
Osent, à ma barbe même,
Dévorer mes abricots.
Mais, de ses bienfaits prodigue,
La nature m'a laissé,

Cerise, groseille, figue,
Que le sucre concassé,
Le charbon dessous placé,
Réduisent en confitures,
Parant aux mésaventures
D'un dessert embarrassé.
Ma femme, de qui le zèle
Est prévoyant et subtil,
Fait justement comme celle
Du vicaire Wakefil,
Les compotes, les gelées,
Les marmelades perlées,
Dont les pots, dans le placard,
Sous leur cornette arrondie
Et qu'on trempe d'eau-de-vie,
S'échelonnent avec art.
Je prends mon lait à la ferme,
Je n'ai vaches, ni chevaux,
Et par là je mets un terme
A ces frais toujours nouveaux
Qui dépassaient, de mes rentes
Et du produit de mes ventes
De choux-fleurs et d'artichauts,
Les trimestres inégaux.
Un colombier moyen âge,
Au belvéder appendu,
Est vis-à-vis de la cage
Où le merle fait tapage

Et siffle comme un perdu.
Mes six poules diligentes
Qu'on nourrit de son, de pois,
De châtaignes et de noix,
De graines appétissantes,
Nous pondent le long du mois
De gros œufs, que nos servantes
N'ont garde, comme parfois
Il arrive aux fainéantes,
Aux soubrettes intrigantes,
D'avaler en tapinois.
Notre basse-cour est pleine
De canards et de chapons,
De faisans et de dindons
Qui s'y classent par douzaine ;
Jamais visiteur n'a vu
Mon crochet au dépourvu ;
Et qu'à toute heure il nous vienne,
Sans tarder, je lui promets
De succulents petits mets,
Des pâtes à l'italienne,
Croûtes, fritures, beignets,
Outre un lapin de garenne
Bien lavé, bien épicé,
De fin champagne saucé;
Gibelotte où l'on fait fondre
Ail et persil en bouquet,
Et qui, je puis en répondre

Par l'essai que j'en ait fait,
Reveillerait, au fumet,
L'appétit d'un hypocondre.

Un dragon de l'empereur,
Dont l'estomac se délabre,
Mais dont le casque et le sabre
Brillent sous sa croix d'honneur,
Pausière, sur ses épaules,
M'apportant bouleaux et saules,
Me dit : «Prends, c'est de bon cœur. »
Et tout bas, les yeux humides,
Il ajoute : « Non, celui
» Qui sommeille aux Invalides
» Par toi ne fut point trahi. »
Rustique encens, pur hommage,
Vous valez mieux qu'un langage
Plus pompeux et plus fleuri,
Et je vous accepte aussi
Sans payer un tel suffrage
Que par un prompt : grand merci !
Plus tard, géants du bocage,
Et jusqu'aux cieux élevant
Leurs fronts battus par le vent,
Ces arbres seront le gage
De l'estime qu'au village
Les hommes de bon aloi
Auront, dans mon court passage,

Montré constamment pour moi.
De l'empire comme un autre
Longtemps je fus ébahi,
Longtemps je m'en fis l'apôtre ;
Mais ce tic n'est plus le nôtre,
Le charme est évanoui ;
Je réprouve les conquêtes
Qui font tomber trop de têtes,
Qui de sang ont trop coûté,
Et je ne veux plus de fêtes
Qu'au nom de la Liberté !

O vous, maîtres des orages
Ou qu'on fait passer pour tels ;
Vous, fantômes d'immortels
Qui planez sur les nuages ;
Sylphes, gnômes, farfadets ;
Vous qu'on prétend que je craigne
Et que je vois sous les traits
Du *peut-être* en Rabelais,
Ou du *que sais-je* en Montaigne ;
Dieux du peuple et des faubourgs,
Dieux du faible et du génie,
Dieux d'Égypte et d'Italie,
Vous que partout et toujours,
Jusqu'aux plus secrets détours
De l'humaine comédie,
Je découvre et que je nie !

Si vous êtes, je vous prie
De venir à mon secours.

Grands dieux ! faites que ma vie.
Qui tantôt s'en va finie,
Dans ce ravin reculé,
Échappe à la calomnie
Et qu'en ce coin refoulé,
Grâce à la philosophie,
De tous mes maux consolé,
Je ne sois plus harcelé
Par les serpents de l'envie !

ENVOI.

Cher Leclerc, en achevant
Cette façon d'arabesque
Sur le site pittoresque
Où tu vins me voir souvent,
Je veux, du nœud qui nous lie,
Consacrer, en quelques vers,
La touchante sympathie
Et ses éléments divers.

Tous les deux, dès notre enfance,
Portés avec pétulance

Vers les champs inspirateurs,
Au premier son de vacance
Nous allions, explorateurs
Des bas-fonds et des hauteurs,
Coucher, en toute innocence,
Avec braconniers, fraudeurs,
Bohémiennes, bateleurs,
Qui, sans compter la dépense,
Se gorgeaient après la danse
Et vivaient en grands seigneurs.

Antique et joli domaine,
Maison-Rouge, en Bouchemaine,
Était notre rendez-vous ;
Marchand, juge, capitaine,
Filleul, parrain et marraine,
Pendant les vendanges, tous
Y couraient et comme loups
Qui fondent sur bête à laine ;
Comme écoliers sur hibous ;
C'était madame Filoche,
C'était madame Béraud
Qui servaient de la brioche
Qu'on mouillait dans le vin chaud.
Délicieuses parties,
Où toutes cérémonies
Étaient mises de côté ;
Où se confondaient les âges,

Où les fous étaient les sages
Qui s'enivraient de gaîté !
Nous arrangions des pipées
Et, tu t'en souviens, mes sœurs,
Renonçant à leurs poupées,
Nous suivaient, fort occupées
De nos appeaux d'oiseleurs.
Est-ce tout ? non : des cousines,
Et de friponnes voisines,
Dans leurs corsets arrondis,
Dans leurs jupes des dimanches,
Se blottissaient sous les branches
De nos savants abatis.
Oh ! que d'images nouvelles
Bondissaient dans nos cervelles
A l'ombre de ces berceaux !
Quelles vives étincelles
Dans l'œil de nos jouvencelles
Brillaient comme des flambeaux !
Et qu'alors, comme étourneaux,
Pris tout-à-coup par les ailes,
Nous négligions tourterelles,
Glu, filets et passereaux !

Dans le cours de mes voyages,
De mes maux, de mes naufrages,
Dans les dards qui m'ont blessé,
Jamais tu ne m'as laissé

Sans preuves, sans témoignages
D'un dévoûment empressé.
Quand le sort, âpre et contraire,
Rompant l'anneau solidaire
Qui soutenait mon ardeur,
Trop tôt me ravit un frère,
Tu te fis son successeur ;
Quand je voulus être auteur,
M'aidant à battre l'enclume
Du barde et du prosateur,
Tu recrutas le lecteur.
C'est toi qui, fier de ma plume,
Quand je manquais d'éditeur,
Fus, patient correcteur,
Patron de chaque volume
Que tirait mon imprimeur.
Si j'ai quelque renommée,
Éclair, feu follet, fumée,
Le prestige t'en est dû.
Et quand, de son pied fourchu,
L'ange qui, par une agrafe,
Ici-bas m'a retenu,
M'aura le sifflet tordu,
Tu feras mon épitaphe
Et d'avance j'en paraphe
Le texte qui m'a paru
Devoir être ainsi conçu :
« Celui qui sous ces bruyères

» Est, sans pompe et sans prières,
» En âme, en corps descendu ;
» De verte souche venu,
» Sitôt qu'il fut en culotte,
» Se montra bon patriote,
» Peut-être un peu saugrenu ;
» Fut épicurien quand même,
» D'aimer fit son bien suprême,
» Et meurt comme il a vécu ! »

FIN.

Imprimerie de BEAU, à Saint-Germain-en-Laye.

www.ingramcontent.com/pod-product-compliance
Ingram Content Group UK Ltd.
Pitfield, Milton Keynes, MK11 3LW, UK
UKHW022220070726
13613UKWH00004B/1780

9 782019 624156